LA TORTILLERÍA

LA TORTILLERÍA

Gary Paulsen

DIBUJOS POR

Ruth Wright Paulsen

TRADUCIDO AL ESPAÑOL POR GLORIA DE ARAGÓN ANDÚJAR

Harcourt Brace & Company

SAN DIEGO   NUEVA YORK   LONDRES

This is a translation of *The Tortilla Factory*.

Library of Congress Cataloging-in-Publication Data
Paulsen, Gary.
[Tortilla factory. Spanish]
La tortillería/Gary Paulsen;
dibujos por Ruth Wright Paulsen;
traducido al español por Gloria de Aragón Andújar.—1st ed.
p.   cm.
ISBN 0-15-200237-5
1. Tortillas—Juvenile literature.
[1. Tortillas. 2. Spanish language materials.]
I. Paulsen, Ruth Wright, ill. II. Title.
TX770.T65P3818   1995
641.8'2—DC20   94-18543

PRINTED IN SINGAPORE

First edition
A B C D E

…Bendito seas, Señor, Dios del universo, por este pan, fruto
de la tierra y del trabajo del hombre, que recibimos de tu generosidad
y ahora te presentamos; él será para nosotros pan de vida.

—El sacramentario del misal romano

La tierra negra duerme en invierno.

Pero en la primavera la tierra negra
es labrada por manos morenas

que siembran semillas amarillas

que se convierten en plantas verdes
que susurran en la suaves brisas

y producen el maíz dorado que se seca
al sol caliente para moler en harina

para la tortillería

donde gente alegre y máquinas ruidosas
mezclan la harina en la masa

y amasan la masa
y aprietan la masa
y aplastan la masa…

...y hornean la masa en discos perfectos que
salen de la máquina y entran en un paquete
que va por camión a una cocina

para rellenar con ricos frijoles

y comer con dientes blancos para llenar un estómago redondo

y darle fuerza a las manos morenas
que labran la tierra negra

que siembran las semillas amarillas

que hacen el maíz dorado que se seca
al sol caliente para moler en harina. . . .

The paintings in this book were done in oil on linen.
The display type was set in Deepdene and Greco Deco.
The text type was set in Dante.
Color separations were made by Bright Arts, Ltd., Singapore.
Printed and bound by Tien Wah Press, Singapore
This book was printed with soya-based inks on Leykam recycled paper,
which contains more than 20 percent postconsumer waste and has
a total recycled content of at least 50 percent.
Production supervision by Warren Wallerstein and Kent MacElwee
Designed by Michael Farmer